# Trop de Faveur Tue

Henri Beyle Stendhal

© 2024 Culturea
Texte et illustration de couverture : © domaine public (open access licence CC0 1.0 universel)
Édition et mise en page : Culturea (Hérault, 34)
Retrouvez notre catalogue sur http://culturea.fr/
Contact : infos@culturea.fr
Imprimé en Allemagne par Books on Demand Gmbh
Design typographique et layout : Derek Murphy  et Reedsy
ISBN : 9791041992867
Date de parution : Mars 2024
Ce livre :
— a été composé avec une police open source libre de droits dessinée sur Open Fondry
 https://open-foundry.com/
— est édité en libre access sous licence CC0 (Creative Commons Zero)  afin de conserver l'oeuvre au
plus près des caractéristiques du domaine public.
— offre la possibilité à son lecteur de partager, dupliquer ou distribuer son contenu, sans restriction ni
réserve.
— permet de replanter un arbre. SHS Éditions soutient Plantons Pour l'Avenir, fonds de dotation pour le
reboisement des forêts françaises
400 projets de reboisement de forêts soutenus depuis 2014 à travers la France
https:/www.plantonspourlavenir.fr/

# TROP DE FAVEUR TUE

C'est le titre qu'un poète espagnol a donné à cette histoire dont il a fait une tragédie. Je me garde bien d'emprunter aucun des ornements à l'aide desquels l'imagination de cet Espagnol a cherché à embellir cette peinture triste de l'intérieur d'un couvent ; plusieurs de ces inventions augmentent en effet l'intérêt, mais, fidèle à mon désir qui est de faire connaître les hommes simples et passionnés du XVe siècle (sic) desquels provient la civilisation actuelle, je donne cette histoire sans ornement et telle qu'avec un peu de faveur, on peut la lire dans les archives de l'Évêché de... où se trouvaient toutes les pièces originales et le curieux récit du comte Buondelmonte.

Dans une ville de Toscane que je ne nommerai pas existait en 1589 et existe encore aujourd'hui un couvent sombre et magnifique. Ses murs noirs, hauts de cinquante pieds au moins, attristent tout un quartier ; trois rues sont bordées par ces murs, du quatrième côté s'étend le jardin du couvent, qui va jusqu'aux remparts de la ville. Ce jardin est entouré d'un mur moins haut. Cette abbaye, à laquelle nous donnons le nom de Sainte Riparata, ne reçoit que des filles appartenant à la plus haute noblesse. Le 20 octobre 1587, toutes les cloches de l'Abbaye étaient en mouvement ; l'église ouverte aux fidèles était tendue de magnifiques tapisseries de damas rouge, garnies de riches franges d'or.

La sainte sœur Virgilia, maîtresse du nouveau grand-duc de Toscane, Ferdinand Ier, avait été nommée abbesse de Sainte Riparata la veille au soir, et l'évêque de la ville, suivi de tout son clergé, allait l'introniser.

Toute la ville était en émoi et la foule telle dans les rues voisines de Sainte Riparata qu'il était impossible d'y passer.

Le cardinal Ferdinand de Médicis, qui venait de succéder à son frère François, sans pour cela renoncer au chapeau, avait trente-six ans et était cardinal depuis vingt-cinq ans, ayant été élu à cette haute dignité à l'âge de onze ans. Le règne de François, célèbre encore de nos jours par son amour pour Bianca Capello, avait été marqué par toutes les folies que l'amour des plaisirs peut inspirer à un prince peu remarquable par la force de caractère. Ferdinand, de son côté, avait eu à se reprocher quelques faiblesses du même genre que celles de son frère ; ses amours avec la sœur oblate Virgilia étaient célèbres en Toscane, mais il faut le dire, surtout par leur innocence. Tandis que le grand-duc François, sombre, violent, entraîné par ses passions, ne songeait pas assez au scandale produit par ses amours, il n'était question dans le pays que de la haute vertu de la sœur Virgilia. L'ordre des Oblates, auquel elle appartenait, permettant à ses religieuses de passer environ les deux tiers de l'année dans la maison de leurs parents, elle voyait tous les jours le cardinal de Médicis, quand il était à Florence.

Deux choses faisaient l'étonnement de cette ville adonnée aux voluptés, dans ces amours d'un prince jeune, riche et autorisé à tout par l'exemple de son frère : la sœur Virgilia, douce, timide, et d'un esprit plus qu'ordinaire, n'était point jolie, et le jeune cardinal ne l'avait jamais vue qu'en présence de deux ou trois femmes dévouées à la noble famille Respuccio, à laquelle appartenait cette singulière maîtresse d'un jeune prince du sang.

Le grand-duc François était mort le 19 octobre 1587 sur le soir. Le 20 octobre avant midi, les plus grands seigneurs de sa cour, et les négociants les plus riches (car il faut se rappeler que les Médicis n'avaient été dans l'origine que des négociants ; leurs parents et les personnages les plus influents de la Cour étaient encore engagés dans le commerce, ce qui empêchait ces courtisans d'être tout à fait aussi absurdes que leurs collègues des cours contemporaines) – les premiers courtisans, les négociants les plus riches se rendirent, le 20 octobre au matin, dans la modeste maison de la sœur oblate Virgilia, laquelle fut bien étonnée de ce concours.

Le nouveau grand-duc Ferdinand voulait être sage, raisonnable, utile au bonheur de ses sujets, il voulait surtout bannir l'intrigue de sa Cour. Il trouva, en arrivant au pouvoir, que la plus riche abbaye de femmes de ses États, celle qui servait de refuge à toutes les filles nobles que leurs parents voulaient sacrifier à l'éclat de leur famille, et à laquelle nous donnerons le nom de l'Abbaye de Sainte Riparata, était vacante ; il n'hésita pas à nommer à cette place la femme qu'il aimait.

L'abbaye de Sainte Riparata appartenait à l'ordre de saint Benoît, dont les règles ne permettaient point aux religieuses de sortir de la clôture. Au grand étonnement du bon peuple de Florence, le prince cardinal ne vit point la nouvelle abbesse, mais d'un autre côté, par une délicatesse du cœur qui fut remarquée et l'on peut dire généralement blâmée par toutes les femmes de sa cour, il ne se permit jamais de voir aucune femme en tête-à-tête. Lorsque ce plan de conduite fut bien avéré, les attentions des courtisans allaient chercher la sœur Virgilia jusque dans son couvent, et ils crurent remarquer, malgré son extrême modestie, qu'elle n'était point insensible à cette attention, la seule que son extrême vertu permit au nouveau souverain.

Le couvent de Sainte Riparata avait souvent à traiter des affaires d'une nature fort délicate : ces jeunes filles des familles les plus riches de Florence ne se laissaient point exiler du monde, alors si brillant, de cette ville si riche, de cette ville qui était la capitale du commerce de l'Europe, sans jeter un œil de regret sur ce qu'on leur faisait quitter ; souvent elles réclamaient hautement contre l'injustice de leurs parents, quelquefois elles demandaient des consolations à l'amour, et l'on avait vu les haines et les rivalités du couvent venir agiter la haute société de Florence. Il était résulté de cet état des choses que l'abbesse de Sainte Riparata obtenait des audiences assez fréquentes du grand-duc régnant.

Pour violer le moins possible la règle de saint Benoît, le grand-duc envoyait à l'abbesse une de ses voitures de gala, dans laquelle prenaient place deux dames de sa cour, lesquelles accompagnaient l'abbesse jusque dans la salle d'audience du palais du grand-duc, à la Via Larga, laquelle est immense. Les deux dames témoins de la clôture, comme on les appelait, prenaient place sur des fauteuils près de la porte, tandis que l'abbesse s'avançait seule et allait parler au prince qui l'attendait à l'autre extrémité de la salle, de sorte que les dames témoins de la clôture ne pouvaient entendre rien de ce qui se disait durant cette audience.

D'autres fois le prince se rendait à l'église de Sainte Riparata ; on lui ouvrait les grilles du chœur et l'abbesse venait parler à son Altesse.

Ces deux façons d'audience ne convenaient nullement au grand-duc ; elles eussent peut-être donné des forces à un sentiment qu'il voulait affaiblir. Toutefois, des affaires d'une nature assez délicate ne tardaient pas à survenir dans le couvent de Sainte Riparata : les amours de la sœur Félize degli Almieri en troublaient la tranquillité. La famille degli Almieri était une des plus puissantes et des plus riches de Florence. Deux des trois frères, à la vanité desquels on avait sacrifié la sœur Félize, étant venus à mourir et le troisième n'ayant pas d'enfants, cette famille s'imagina être en butte à une punition céleste.

La mère et le frère qui survivait, malgré le vœu de pauvreté qu'avait fait Félize, lui rendaient, sous forme de cadeaux, les biens dont on l'avait privée pour faire briller la vanité de ses frères.

Le couvent de Sainte Riparata comptait alors quarante-trois religieuses. Chacune d'elle avait sa camériste noble ; c'étaient des jeunes filles prises dans la pauvre noblesse, qui mangeaient à une seconde table et recevaient du trésorier du couvent un écu par mois pour leurs dépenses. Mais, par un usage singulier et qui n'était pas très favorable à la paix du couvent, on ne pouvait être camériste noble que jusqu'à l'âge de trente ans ; arrivées à cette époque de la vie, ces filles se mariaient ou étaient admises comme religieuses dans des couvents d'un ordre inférieur.

Les très nobles dames de Sainte Riparata pouvaient avoir jusqu'à cinq femmes de chambre, et la sœur Félize degli Almieri prétendait en avoir huit. Toutes les dames du couvent que l'on supposait galantes, et elles étaient au nombre de quinze ou seize, soutenaient les prétentions de Félize, tandis que les vingt-six autres s'en montraient hautement scandalisées et parlaient de faire appel au prince.

La bonne sœur Virgilia, la nouvelle abbesse, était loin d'avoir une tête suffisante pour terminer cette grave affaire ; les deux partis semblaient exiger d'elle qu'elle la soumît à la décision du prince.

Déjà, à la cour, tous les amis de la famille des Almieri commençaient à dire qu'il serait étrange que l'on voulût empêcher une fille d'aussi haute naissance que Félize, et autrefois aussi barbarement sacrifiée par sa famille, de faire l'usage qu'elle voudrait de sa fortune, surtout cet usage étant aussi innocent. D'un autre côté, les familles des religieuses âgées ou moins riches ne manquaient pas de répondre qu'il était pour le moins singulier de voir une religieuse, qui avait fait vœu de pauvreté, ne pas se contenter du service de cinq femmes de chambre.

Le grand-duc voulut couper court à une tracasserie qui pouvait agiter la ville. Ses ministres le pressaient d'accorder une audience à l'abbesse de Sainte Riparata, et comme cette fille, d'une vertu céleste et d'un caractère admirable, ne daignerait probablement pas appliquer son esprit tout absorbé dans les choses du Ciel au détail d'une tracasserie aussi misérable, le grand-duc devrait lui communiquer une décision qu'elle serait seulement chargée d'exécuter. « Mais comment pourrai-je prendre cette décision, se disait ce prince raisonnable, si je ne sais absolument rien des raisons qui peuvent faire valoir les deux partis ? » D'ailleurs, il ne voulait point se faire un ennemi de la puissante famille des Almieri.

Le prince avait pour ami intime le comte Buondelmonte, qui avait une année de moins que lui, c'est-à-dire trente-cinq ans. Ils se connaissaient depuis le berceau, ayant eu la même nourrice, une riche et belle paysanne du Casentino.

Le comte Buondelmonte, fort riche, fort noble et l'un des plus beaux hommes de la ville, était remarquable par l'extrême indifférence et la froideur de son caractère. Il avait renvoyé bien loin la prière d'être premier ministre, que le grand-duc Ferdinand lui avait adressée le jour même de son arrivée à Florence.

« Si j'étais à votre place, lui avait dit le comte, j'abdiquerais aussitôt ; jugez si je voudrais être le ministre d'un prince et ameuter contre moi les haines de la moitié des habitants d'une ville où je compte passer ma vie ! »

Au milieu des embarras de cour que les dissensions du couvent de Sainte Riparata donnaient au grand-duc, il pensa qu'il pouvait avoir recours à l'amitié du comte. Celui-ci passait sa vie dans ses terres, dont il dirigeait la culture avec beaucoup d'application. Chaque jour il donnait deux heures à la chasse ou à la pêche, suivant les saisons et jamais on ne lui avait connu de maîtresse. Il fut fort contrarié de la lettre du prince qui l'appelait à Florence ; il le fut bien davantage, quand le prince lui eut dit qu'il voulait le faire directeur du noble couvent de Sainte Riparata.

— Sachez, lui dit le comte, que j'aimerais presque encore mieux être premier ministre de Votre Altesse. La paix de l'âme est mon idole, et que voulez-vous que je devienne au milieu de toutes ces brebis enragées ?

— Ce qui m'a fait jeter les yeux sur vous, mon ami, c'est que l'on sait que jamais femme n'a eu d'empire sur votre âme pendant une journée entière ; je suis bien loin d'avoir le même bonheur ; il n'eût tenu qu'à moi de recommencer toutes les folies que mon frère a faites pour Bianca Capello.

Ici, le prince entra dans des confidences intimes, à l'aide desquelles il comptait séduire son ami.

— Sachez, lui dit-il, que, si je revois cette fille si douce que j'ai faite abbesse de Sainte Riparata, je ne puis plus répondre de moi.

— Et où serait le mal ? lui dit le comte. Si vous trouvez du bonheur à avoir une maîtresse, pourquoi n'en prendriez-vous pas une ? Si je n'en ai pas près de moi, c'est que toute femme m'ennuie par son commérage et les petitesses de son caractère, au bout de trois jours de connaissance.

— Moi, lui dit le grand-duc, je suis cardinal. Le pape, il est vrai, m'a donné la permission de résigner le chapeau et de me marier, en considération de la couronne qui m'est survenue ; mais je n'ai point envie de brûler en enfer et, si je me marie, je prendrai une femme que je n'aimerai point et à laquelle je demanderai des successeurs pour ma couronne et non point les douceurs vulgaires du mariage.

— C'est à quoi je n'ai rien à dire, répondit le comte, moi qui ne crois point que le Dieu tout-puissant abaisse ses regards jusqu'à ces misères. Rendez vos sujets heureux et honnêtes gens, si vous le pouvez, et du reste ayez trente-six maîtresses.

— Je n'en veux pas même avoir une, répliqua le prince en rien, et c'est à quoi je suis fort exposé, si je revoyais l'abbesse de Sainte Riparata. C'est bien la meilleure fille du monde et la moins capable de gouverner, je ne dis pas un couvent rempli de jeunes filles enlevées au monde malgré elles, mais bien la réunion la plus sage de femmes vieilles et dévotes.

Le prince avait une crainte si profonde de revoir la sœur Virgilia que le comte en fut touché. « S'il manque à l'espèce de vœu qu'il a fait en recevant du pape la permission de se marier, se dit-il en pensant au prince, il est capable d'avoir le cœur troublé pour le reste de sa vie », et le lendemain, il alla au couvent de Sainte Riparata, où il fut reçu avec toute la curiosité et tous les honneurs dus au représentant du prince. Ferdinand Ier avait envoyé un de ses ministres déclarer à l'abbesse et aux religieuses que les affaires de son état ne lui permettaient pas de s'occuper de leur couvent et qu'il remettait à tout jamais son autorité au comte Buondelmonte, dont les décisions seraient sans appel.

Après avoir entretenu la bonne abbesse, le comte fut scandalisé du mauvais goût du prince : elle n'avait pas le sens commun et n'était rien moins que jolie. Le comte trouva fort méchantes les religieuses qui voulaient empêcher Félize degli Almieri de prendre deux nouvelles femmes de chambre. Il avait fait appeler Félize au parloir. Elle fit répondre avec impertinence qu'elle n'avait pas le temps de venir, ce qui amusa le comte, jusque-là assez ennuyé de sa mission et se repentant de sa complaisance pour le prince.

Il dit qu'il aimait autant parler aux femmes de chambre qu'à Félize elle-même, et fit dire aux cinq femmes de chambre de paraître au parloir. Trois seulement se présentèrent et déclarèrent au nom de leur maîtresse qu'elle ne pouvait se passer de la présence de deux d'entre elles, sur quoi le comte, usant de ses droits comme représentant du prince, fit entrer deux de ses gens au couvent, qui lui amenèrent les deux femmes de chambre récalcitrantes, et il s'amusa une heure durant au bavardage de ces cinq filles jeunes et jolies et qui la plupart du temps parlaient toutes à la fois. Ce fut alors seulement que, par ce qu'elles lui révélaient à leur insu, le vicaire du prince comprit à peu près ce qui se passait dans ce couvent. Cinq ou six religieuses seulement étaient âgées ; une vingtaine, quoique jeunes, étaient dévotes, mais les autres, jeunes et jolies, avaient des amants en ville. À la vérité, elles ne pouvaient les voir que fort rarement. Mais comment les voyaient-elles ? C'est ce que le comte ne voulut pas demander aux femmes de chambre de Félize, et qu'il se promit de savoir bientôt en plaçant des observateurs autour du couvent.

Il apprit à son grand étonnement qu'il y avait des amitiés intimes parmi les religieuses, et que c'était là surtout la cause des haines et des dissensions intérieures. Par exemple, Félize avait pour amie intime Rodelinde de P… ; Céliane, la plus belle personne du couvent après Félize, avait pour amie la jeune Fabienne. Chacune de ces dames avait sa camériste noble qu'elle admettait à plus ou moins de faveur.

Par exemple, Martona, la camériste noble de madame l'abbesse, avait conquis sa faveur en se montrant plus dévote qu'elle. Elle priait à genoux à côté de l'abbesse cinq ou six heures de chaque journée, mais ce temps lui semblait fort long, au dire des femmes de chambre.

Le comte apprit encore que Rodéric et Lancelot étaient les noms de deux amants de ces dames, apparemment de Félize et de Rodelinde, mais il ne voulut pas faire de question directe à ce sujet.

L'heure qu'il passa avec les femmes de chambre ne lui sembla point longue, mais elle parut éternelle à Félize, qui voyait sa dignité outragée par l'action de ce vicaire du prince qui la privait à la fois du service de ses cinq femmes de chambre. Elle n'y put tenir, et entendant de loin qu'on faisait beaucoup de bruit dans le parloir, elle y fit irruption, quoique sa dignité lui dit que cette façon d'y paraître, mue évidemment par un transport d'impatience, pouvait être ridicule après avoir refusé de se rendre à l'invitation officielle de l'envoyé du prince. « Mais je saurai bien rabattre le caquet de ce petit monsieur », se dit Félize, la plus impérieuse des femmes. Elle fit donc irruption dans le parloir, en saluant fort légèrement l'envoyé du prince et ordonnant à une de ses femmes de chambre de la suivre.

— Madame, si cette fille vous obéit, je vais faire rentrer mes gens dans le couvent et ils la ramèneront à l'instant devant moi.

— Je la prendrai par la main ; vos gens oseront-ils lui faire violence ?

— Mes gens amèneront dans ce parloir elle et vous, madame.

— Et moi ?

— Et vous-même ; et si cela me convient, je vais vous faire enlever de ce couvent, et vous irez continuer à travailler à votre salut dans quelque petit couvent bien pauvre, situé au sommet de quelque montagne de l'Apennin. Je puis faire cela et bien d'autres choses.

Le comte remarqua que les cinq femmes de chambre pâlissaient ; les joues de Félize elle-même prirent une teinte de pâleur qui la rendit plus belle.

« Voici certainement, se dit le comte, la plus belle personne que j'aie rencontrée de ma vie, il faut faire durer la scène. »

Elle dura en effet et près de trois quarts d'heure. Félize y montra son esprit et surtout une hauteur de caractère qui amusèrent beaucoup le vicaire du prince. À la fin de la conférence, le ton du dialogue s'étant beaucoup radouci, il sembla au comte que Félize était moins jolie.

« Il faut lui rendre sa fureur », pensa-t-il. Il lui rappela qu'elle avait fait vœu d'obéissance et que, si à l'avenir elle montrait l'ombre de résistance aux ordres du prince qu'il était chargé d'apporter au couvent, il croirait utile à son salut de l'envoyer passer six mois dans le plus ennuyeux des couvents de l'Apennin.

À ce mot, Félize fut superbe de colère.

Elle lui dit que les saints martyrs avaient souffert davantage de la barbarie des empereurs romains.

— Je ne suis point un empereur, madame, de même que les

martyrs ne mettaient point toute la société en combustion pour avoir deux femmes de chambre de plus, en en ayant déjà cinq, aussi aimables que ces demoiselles.

Il la salua très froidement et sortit, sans lui laisser le temps de répondre et la laissant furieuse.

Le comte resta à Florence et ne retourna point dans ses terres, curieux de savoir ce qui se passait réellement au couvent de Sainte Riparata. Quelques observateurs que lui fournit la police du grand-duc, et que l'on plaça auprès du couvent et autour des immenses jardins qu'il possédait près de la porte qui conduit à Fiesole, lui eurent bientôt fait connaître tout ce qu'il désirait savoir. Rodéric L…, l'un des jeunes gens les plus riches et les plus dissipés de la ville, était l'amant de Félize et la douce Rodelinde, son amie intime, faisait l'amour avec Lancelot P…, jeune homme qui s'était fort distingué dans les guerres que Florence avait soutenues contre Pise. Ces jeunes gens avaient à surmonter de grandes difficultés, pour pénétrer dans le couvent. La sévérité avait redoublé, ou plutôt l'ancienne licence avait été tout à fait supprimée depuis l'avènement au trône du grand-duc Ferdinand.

L'abbesse Virgilia voulut faire suivre la règle dans toute sa sévérité, mais ses lumières et son caractère ne répondaient point à ses bonnes intentions, et les observateurs mis à la disposition du comte lui apprirent qu'il ne se passait guère de mois sans que Rodéric, Lancelot et deux ou trois autres jeunes gens, qui avaient des relations dans le couvent, ne parvinssent à voir leurs maîtresses. Les immenses jardins du couvent avaient obligé l'évêque à tolérer l'existence de deux portes qui donnaient dans l'espace vague qui existe derrière le rempart, au nord de la ville. Les religieuses fidèles à leur devoir, et qui étaient en grande majorité dans le couvent, ne connaissaient point ces détails avec autant de certitude que le comte, mais elles les soupçonnaient et partaient de l'existence de cet abus pour ne point obéir aux ordres de l'abbesse en ce qui les concernait.

Le comte comprit facilement qu'il ne serait point aisé de rétablir l'ordre dans ce couvent, tant qu'une femme aussi faible que l'abbesse serait à la tête du gouvernement. Il parla dans ce sens au grand-duc, qui l'engagea à user de la plus extrême sévérité, et qui en même temps ne parut point disposé à donner à son ancienne amie le chagrin d'être transférée dans un autre couvent, pour cause d'incapacité.

Le comte revint à Sainte Riparata, fort résolu d'user d'une extrême rigueur afin de se débarrasser au plus vite de la corvée dont il avait eu l'imprudence de se charger.

Félize, de son côté, encore bien irritée de la façon dont le comte lui avait parlé, était bien résolue à profiter de la première entrevue pour reprendre le ton qu'il convenait à la haute noblesse de sa famille, et à la position qu'elle occupait dans le monde. À son arrivée au couvent, le comte fit appeler sur-le-champ Félize, afin de se délivrer d'abord de ce que la corvée avait de plus pénible. Félize, de son côté, vint au parloir déjà animée par la plus vive colère, mais le comte la trouva fort belle, il était fin connaisseur en ce genre. « Avant de déranger cette physionomie superbe, se dit-il, donnons-nous le temps de bien la voir. » Félize de son côté admira le ton raisonnable et froid de ce bel homme, qui, dans le costume complètement noir qu'il avait cru devoir adopter à cause des fonctions qu'il venait exercer au couvent, était vraiment fort remarquable. « Je pensais, se disait Félize, que parce qu'il a plus de trente-cinq ans, ce serait un vieillard ridicule comme nos confesseurs, et je trouve au contraire un homme vraiment digne de ce nom. Il ne porte point, à la vérité, le costume exagéré qui fait une grande partie du mérite de Rodéric et des autres jeunes gens que j'ai connus ; il leur est fort inférieur, pour la qualité de velours et de broderies d'or qu'il porte dans ses vêtements, mais en un instant, s'il le voulait, il peut se donner ce genre de mérite, tandis que les autres, je pense, auraient bien de la peine à imiter la conversation sage, raisonnable et réellement intéressante du comte Buondelmonte. »

Félize ne se rendait pas complètement compte de ce qui donnait une physionomie si singulière à ce grand homme vêtu de velours noir, avec lequel depuis une heure elle parlait de beaucoup de sujets divers.

Quoique évitant avec beaucoup de soin tout ce qui aurait pu l'irriter, le comte était bien loin de lui céder en toutes choses, ainsi que l'avaient toujours fait tour à tour les hommes qui avaient eu des relations avec cette fille si belle, d'un caractère si impérieux et à laquelle on connaissait des amants. Comme le comte n'avait aucune prétention, il était simple et naturel avec elle ; seulement il avait évité de traiter en détail, jusque-là, les sujets qui pouvaient la mettre en colère. Il fallut pourtant bien en venir aux prétentions de la fière religieuse ; on avait parlé des désordres du couvent.

— Au fait, madame, ce qui trouble tout ici, c'est la prétention, peut-être justifiable jusqu'à un certain point, d'avoir deux femmes de chambre de plus que les autres, que met en avant l'une des personnes les plus remarquables de ce couvent.

— Ce qui trouble tout ici, c'est la faiblesse de caractère de l'abbesse, qui veut nous traiter avec une sévérité absolument nouvelle, et dont jamais on n'eut idée. Il peut y avoir des couvents remplis de filles réellement pieuses, qui aiment la retraite et qui aient songé à accomplir réellement les vœux de pauvreté, d'obéissance, etc., etc., qu'on leur a fait faire à dix-sept ans ; quant à nous, nos familles nous ont placées ici, pour laisser toutes les richesses de la maison à nos frères. Nous n'avions d'autre vocation que l'impossibilité de nous enfuir et de vivre ailleurs qu'au couvent, puisque nos pères ne voulaient plus nous recevoir dans leurs palais. D'ailleurs, quand nous avons fait ces vœux si évidemment nuls aux yeux de la raison, nous avions toutes été pensionnaires une ou plusieurs années dans le couvent, chacune de nous pensait devoir jouir du même degré de liberté que nous voyions prendre aux religieuses de notre temps. Or, je vous le déclare, monsieur le vicaire du prince, la porte du rempart était ouverte jusqu'à la pointe du jour et chacune de ces dames voyait ses amis en toute liberté dans le jardin. Personne ne songeait à blâmer ce genre que nous pensions toutes jouir, étant religieuses, d'autant de liberté et d'une vie aussi heureuse que celles de nos sœurs que l'avarice de nos parents leur avait permis de marier. Tout a changé, il est vrai, depuis que nous avons un prince qui a été cardinal vingt-cinq ans de sa vie. Vous pouvez, monsieur le vicaire, faire entrer dans ce couvent des soldats et même de des domestiques, comme vous l'avez fait l'autre jour. Ils nous violenteront, comme vos domestiques ont violenté mes femmes, et cela par la grande et unique raison qu'ils étaient plus forts qu'elles. Mais votre orgueil ne doit pas croire avoir le moindre droit sur nous. Nous avons été amenées par force dans ce couvent, on nous a fait jurer et faire des vœux par force à l'âge de seize ans, et enfin le genre de vie ennuyeux auquel vous prétendez nous soumettre, n'est point du tout celui que nous avons vu pratiquer par les religieuses qui occupaient ce couvent lorsque nous avons fait nos vœux, et, même à supposer ces vœux légitimes, nous avons promis tout au plus de vivre comme elles et vous voulez nous faire vivre comme elles n'ont jamais vécu. Je vous avouerai, monsieur le vicaire, que je tiens à l'estime de mes concitoyens. Du temps de la république on n'eût point souffert de cette oppression infâme, exercée sur de pauvres filles qui n'ont eu d'autre tort que de naître dans des familles opulentes et d'avoir des frères. Je voulais trouver l'occasion de dire ces choses en public ou à un homme raisonnable. Quant au nombre de mes femmes, j'y tiens fort peu. Deux et non pas cinq ou sept me suffiraient fort bien ; je pourrais persister à en demander sept, jusqu'à ce qu'on se fût donné la peine de réfuter les indignes friponneries dont nous sommes victimes, et dont je vous ai exposé quelques-unes ; mais parce que votre habit de velours noir vous va fort bien, monsieur le vicaire du prince, je vous déclare que je renonce pour cette année au droit d'avoir autant de domestiques que je pourrais en payer.

Le comte Buondelmonte avait été fort amusé par cette levée de boucliers ; il la fit durer en faisant quelques objections les plus ridicules qu'il pût imaginer. Félize y répondait avec un feu et un esprit charmants. Le comte voyait dans ses yeux tout l'étonnement qu'avait cette jeune fille de vingt ans en voyant de telles absurdités dans la bouche d'un homme raisonnable en apparence.

Le comte prit congé de Félize, fit appeler l'abbesse, à laquelle il donna de sages avis, annonça au prince que les troubles du couvent de Sainte Riparata étaient apaisés, reçut force compliments pour sa sagesse profonde et enfin retourna à la culture de ses terres.

« Il y a pourtant, se disait-il quelquefois, une fille de vingt ans et

15

qui passerait peut-être pour la plus belle personne de la ville, si elle vivait dans le monde, et qui ne raisonne pas tout à fait comme une poupée. »

Mais de grands événements eurent lieu dans le couvent. Toutes les religieuses ne raisonnaient pas aussi nettement que Félize, mais la plupart de celles qui étaient jeunes s'ennuyaient mortellement. Leur unique consolation était de dessiner des caricatures et de faire des sonnets satiriques sur un prince qui, après avoir été vingt-cinq ans cardinal, ne trouvait rien de mieux à faire, en arrivant au trône, que de ne plus voir sa maîtresse et de la charger, en qualité d'abbesse, de vexer de pauvres jeunes filles jetées dans ce couvent par l'avarice de leurs parents.

Comme nous l'avons dit, la douce Rodelinde était l'amie intime de Félize. Leur amitié sembla redoubler depuis que Félize lui eut avoué que, depuis ses conversations avec le comte Buondelmonte, cet homme âgé qui avait plus de trente-six ans, son amant Rodéric lui semblait un être assez ennuyeux. Pour le dire en un mot, Félize avait pris de l'amour pour ce comte si grave ; les conversations infinies qu'elle avait à ce sujet avec son amie Rodelinde, se prolongeaient quelquefois jusqu'à deux ou trois heures du matin. Or, suivant la règle de saint Benoît, que l'abbesse prétendait rétablir dans toute sa rigidité, chacune des religieuses devait être rentrée dans son appartement une heure après le coucher du soleil, au son d'une certaine cloche qu'on appelait la retraite.

La bonne abbesse, croyant devoir donner l'exemple, ne manquait pas de s'enfermer chez elle au son de la cloche et croyait pieusement que toutes les religieuses suivaient son exemple. Parmi les plus jolies et les plus riches de ces dames, on remarquait Fabienne, âgée de dix-neuf ans, la plus étourdie peut-être du couvent, et Céliane, son amie intime. L'une et l'autre étaient fort en colère contre Félize qui, disaient-elles, les méprisait. Le fait est que, depuis que Félize avait un sujet de conversation aussi intéressant avec Rodelinde, elle supportait avec une impatience mal déguisée, ou plutôt nullement déguisée du tout, la présence des autres religieuses. Elle était la plus jolie, elle était la plus riche, elle avait évidemment plus d'esprit que les autres. Il n'en fallut pas tant, dans un couvent où l'on s'ennuyait, pour allumer une grande haine. Fabienne, dans son étourderie, alla dire à l'abbesse que Félize et Rodelinde restaient quelquefois au jardin jusqu'à deux heures après minuit. L'abbesse avait obtenu du comte qu'un soldat du prince serait placé en sentinelle devant la porte du jardin du couvent, qui donnait sur l'espace vague derrière le rempart du nord. Elle avait fait placer d'énormes serrures à cette porte, et tous les soirs, en terminant sa journée, le plus jeune des jardiniers, qui était un vieillard de soixante ans, apportait à l'abbesse la clé de cette porte. L'abbesse envoyait aussitôt une vieille tourière détestée des religieuses fermer la seconde serrure de la porte.

Malgré toutes ces précautions, rester au jardin jusqu'à deux heures du matin parut un grand crime à ses yeux. Elle fit appeler Félize, et traita cette fille si noble et devenue maintenant l'héritière de sa famille avec un ton de hauteur qu'elle ne se fût peut-être pas permis si elle n'eût été sûre de la faveur du prince. Félize fut d'autant plus piquée de l'amertume de ses reproches, que, depuis qu'elle avait connu le comte, elle n'avait fait venir son amant Rodéric qu'une seule fois, et encore pour se moquer de lui. Dans son indignation, elle fut éloquente, et la bonne abbesse, tout en lui refusant de lui nommer sa dénonciatrice, donna des détails, au moyen desquels il fut facile à Félize de deviner qu'elle devait cette contrariété à Fabienne.

Aussitôt Félize résolut de se venger. Cette résolution rendit tout son calme à cette âme à laquelle le malheur avait donné de la force.

— Savez-vous, madame, dit-elle à l'abbesse, que je suis digne de quelque pitié ? J'ai perdu entièrement la paix de l'âme. Ce n'est pas sans une profonde sagesse que le grand saint Benoît, notre fondateur, a prescrit qu'aucun homme au-dessous de soixante ans ne pût jamais être admis dans nos couvents. M. le comte Buondelmonte, vicaire du grand-duc pour l'administration de ce couvent, a dû avoir avec moi de longs entretiens pour me dissuader de la folle idée que j'avais eue d'augmenter le nombre de mes femmes. Il a de la sagesse, il joint à une prudence infinie un esprit admirable. J'ai été frappée, plus qu'il ne convenait à une servante de Dieu et de saint Benoît, de ces grandes qualités du comte, notre vicaire. Le ciel a voulu punir ma folle vanité : je suis éperdument amoureuse du comte ; au risque de scandaliser mon amie Rodelinde, je lui ai fait l'aveu de cette passion aussi criminelle qu'elle est involontaire ; et c'est parce qu'elle me donne des conseils et des consolations, parce que quelquefois même elle réussit à me donner des forces contre la tentation du malin esprit, que quelquefois elle est restée fort tard auprès de moi. Mais toujours, ce fut à ma prière ; je sentais trop qu'aussitôt que Rodelinde m'aurait quittée, j'allais penser au comte.

L'abbesse ne manqua pas d'adresser une longue exhortation à la brebis égarée. Félize eut soin de faire des réflexions qui allongèrent encore le sermon.

« Maintenant, pensa-t-elle, les événements qu'amènera notre vengeance, à Rodelinde et à moi, ramèneront l'aimable comte au couvent. Je réparerai ainsi la faute que j'ai faite en cédant trop vite sur l'article des filles que je voulais prendre à mon service. Je fus séduite à mon insu par la tentation de paraître raisonnable à un homme tellement raisonnable lui-même. Je ne vis pas que je lui ôtais toute occasion de revenir exercer sa charge de vicaire dans notre couvent. De là vient que je m'ennuie tant maintenant. Cette petite poupée de Rodéric, qui m'amusait quelquefois, me semble tout à fait ridicule, et, par ma faute, je n'ai plus revu cet aimable comte. C'est à nous désormais, à Rodelinde et à moi, à faire en sorte que notre vengeance amène des désordres tels que sa présence soit souvent nécessaire au couvent. Notre pauvre abbesse est si peu capable de secret, qu'il est fort possible qu'elle l'engage à diminuer autant que possible les entretiens que je chercherai à avoir avec lui, auquel cas, je n'en doute pas, faire ma déclaration à cet homme si singulier et si froid. Ce sera une scène comique qui peut-être l'amusera, car ou je me trompe fort, ou il n'est pas autrement dupe de toutes les sottises qu'on nous prêche pour nous asservir : seulement il n'a pas encore trouvé de femme digne de lui et je serai cette femme ou j'y perdrai la vie. »

Dès lors, l'ennui de Félize et de Rodelinde fut chassé par le dessein de se venger qui occupa tous leurs moments.

« Puisque Fabienne et Céliane ont entrepris méchamment de

prendre le frais au jardin par les grandes chaleurs qu'il fait, il faut que le premier rendez-vous qu'elles accorderont à leurs amants fasse un scandale effroyable, et tel qu'il puisse effacer dans l'esprit des dames graves du couvent celui qu'a pu produire la découverte de mes promenades tardives dans le jardin. Le soir du premier rendez-vous accordé par Fabienne et Céliane à Lorenzo et à Pierre-Antoine, Rodéric et Lancelot se placeront d'avance derrière les pierres de taille qui sont déposées dans cette sorte de place qui se trouve devant la porte de notre jardin. Rodéric et Lancelot ne devront pas tuer les amants de ces dames, mais leur donner cinq ou six petits coups de leurs épées, de manière qu'ils soient tout couverts de sang. Leur vue dans cet état alarmera leurs maîtresses et ces dames songeront à tout autre chose qu'à leur dire des choses aimables. »

Ce que les deux amies trouvèrent de mieux, pour organiser le guet-apens qu'elles méditaient, fut de faire demander à l'abbesse un congé d'un mois par Livia, la caministe noble de Rodelinde. Cette fille fort adroite était chargée de lettres pour Rodéric et Lancelot. Elle leur portait aussi une somme d'argent, avec laquelle ils environnèrent d'espions Lorenzo B. et Pierre-Antoine D., l'amant de Céliane. Ces deux jeunes gens des plus nobles et des plus à la mode de la ville entraient la même nuit au couvent. Cette entreprise était devenue beaucoup plus difficile depuis le règne du cardinal grand-duc. En dernier lieu l'abbesse Virgilia avait obtenu du comte Buondelmonte qu'une sentinelle serait placée devant la porte de service du jardin laquelle donnait sur un espace désert derrière le rempart du nord.

Livia, la caministe noble, venait tous les jours rendre compte à Félize et à Rodelinde des préparatifs de l'attaque méditée contre les amants de Céliane et de Fabienne. Les préparatifs ne durèrent pas moins de six semaines. Il s'agissait de deviner la nuit que Lorenzo et Pierre-Antoine choisiraient pour venir au couvent, et, depuis le nouveau règne, qui s'annonçait avec beaucoup de sévérité, la prudence redoublait pour des entreprises de ce genre.

D'ailleurs, Livia trouvait de grandes difficultés auprès de Rodéric. Il s'était fort bien aperçu de la tiédeur de Félize, et finit par refuser nettement de s'employer à la venger sur les amours de Fabienne et de

Céliane, si elle ne consentait pas à lui donner l'ordre de vive voix dans un rendez-vous qu'elle lui accorderait. Or, c'est à quoi Félize, tout occupée du comte Buondelmonte, ne voulut jamais consentir.

« Je conçois bien, lui écrivit-elle avec sa franchise imprudente, qu'on se damne pour avoir du bonheur ; mais se damner pour voir un ancien amant dont le règne est passé, c'est ce que je ne concevrai jamais. Toutefois, je pourrais bien consentir à vous recevoir encore une fois la nuit, pour vous faire entendre raison, mais ce n'est point un crime que je vous demande. Ainsi, vous ne pouvez point avoir de prétentions exagérées et demander à être payé comme si l'on exigeait de vous de donner la mort à un insolent. Ne commettez point l'erreur de faire aux amants de nos ennemies des blessures assez graves pour les empêcher d'entrer au jardin et de se donner en spectacle à toutes celles de nos dames que nous aurons le soin d'y rassembler. Vous feriez manquer tout le piquant de notre vengeance, je ne verrai en vous qu'un étourdi indigne de m'inspirer la moindre confiance. Or, sachez que c'est surtout à cause de ce défaut capital que vous avez cessé de mériter mon amitié. »

Cette nuit de vengeance préparée avec tant de soin arriva enfin. Rodéric et Lancelot, aidés de plusieurs hommes à eux, épièrent pendant toute la journée les actions de Lorenzo et de Pierre-Antoine.

Par des indiscrétions de ceux-ci, ils obtinrent la certitude que la nuit suivante ils devaient tenter l'escalade du mur de Sainte Riparata. Un marchand fort riche, dont la maison était voisine du corps de garde qui fournissait la sentinelle placée devant la porte du jardin des religieuses, mariait sa fille ce soir-là. Lorenzo et Pierre-Antoine, déguisés en domestiques de riche maison, profitèrent de cette circonstance pour venir offrir en son nom, vers les dix heures du soir, un tonneau de vin au corps de garde. Les soldats firent honneur au cadeau. La nuit était fort obscure, l'escalade du mur du couvent devait avoir lieu sur le minuit ; dès onze heures du soir, Rodéric et Lancelot cachés près du mur, eurent le plaisir de voir la sentinelle de l'heure précédente relevée par un soldat plus qu'à demi ivre, et qui ne manqua pas de s'endormir au bout de quelques minutes.

Dans l'intérieur du couvent, Félize et Rodelinde avaient vu leurs ennemies Fabienne et Céliane se cacher dans le jardin sous des arbres assez voisins du mur de clôture. Un peu avant minuit, Félize osa bien aller réveiller l'abbesse. Elle n'eut pas peu de peine à parvenir jusqu'à elle ; elle en eut encore plus à lui faire comprendre la possibilité du crime qu'elle venait lui dénoncer. Et enfin, après plus d'une demi-heure de temps perdu, et pendant les dernières minutes de laquelle Félize tremblait de passer pour une calomniatrice, l'abbesse déclara que le fait fût-il vrai, il ne fallait pas ajouter une infraction à la règle de saint Benoît à un crime.

Or, la règle défendait absolument de mettre le pied au jardin après le coucher du soleil. Par bonheur, Félize se souvint qu'on pouvait arriver par l'intérieur du couvent, et sans mettre le pied au jardin, jusque sur le toit en terrasse d'une petite orangerie fort basse et toute voisine de la porte gardée par la sentinelle. Pendant que Félize était occupée à persuader l'abbesse, Rodelinde alla réveiller sa tante, âgée, fort pieuse, et sous-prieure du couvent.

L'abbesse, quoique se faisant entraîner jusque sur la terrasse de l'orangerie, était bien éloignée de croire à tout ce que lui disait Félize. On ne saurait se figurer quel fut son étonnement, sa indignation, sa stupeur, quand, à neuf ou dix pieds au-dessous de la terrasse, elle aperçut deux religieuses qui à cette heure indue se trouvaient hors de leurs appartements, car la nuit profondément obscure ne lui permit point d'abord de reconnaître Fabienne et Céliane.

— Filles impies, s'écria-t-elle d'une voix qu'elle voulait rendre imposante, imprudentes malheureuses ! Est-ce ainsi que vous servez la majesté divine ? Songez que le grand saint Benoît, votre protecteur, vous regarde du haut du ciel et frémit en vous voyant sacrilèges à sa loi. Rentrez en vous-mêmes, et comme la cloche de la retraite a sonné depuis longtemps, regagnez vos appartements en toute hâte et mettez-vous en prière, en attendant la pénitence que je vous imposerai demain matin.

Qui pourrait peindre la stupeur et le chagrin qui remplirent l'âme de Céliane et de Fabienne, en entendant au-dessus de leurs têtes et si près d'elles la voix puissante de l'abbesse irritée ? Elles cessèrent de parler et se tenaient immobiles lorsqu'une bien autre surprise vint les frapper ainsi que l'abbesse. Ces dames entendirent à huit ou dix pas d'elles à peine et de l'autre côté de la porte, le bruit violent d'un combat à coups d'épée. Bientôt les combattants blessés jetèrent des cris ; quelques-uns étaient de douleur. Quelle ne fut pas la douleur de Céliane et de Fabienne en reconnaissant la voix de Lorenzo et de Pierre-Antoine ! Elles avaient de fausses clés de la porte du jardin, elles se précipitèrent sur les serrures, et quoique la porte fût énorme, elles eurent la force de la faire tourner sur ses gonds. Céliane, qui était la plus forte et la plus âgée, osa la première sortir du jardin. Elle rentra quelques instants après, soutenant dans ses bras Lorenzo, son amant, qui paraissait dangereusement blessé et qui pouvait à peine se soutenir. Il gémissait à chaque pas comme un homme expirant, et en effet, à peine eut-il fait une dizaine de pas dans le jardin, que, malgré les efforts de Céliane, il tomba et expira presque aussitôt. Céliane, oubliant toute prudence, l'appelait à haute voix et éclatait en sanglots sur son corps, en voyant qu'il ne répondait point.

Tout cela se passa à vingt pas environ du toit en terrasse de la petite orangerie, Félize comprit fort bien que Lorenzo était mort ou mourant, et il serait difficile de peindre son désespoir.

« C'est moi qui suis la cause de tout cela, se disait-elle. Rodéric se sera laissé emporter et il aura tué Lorenzo. Il est naturellement cruel, sa vanité ne pardonne jamais les blessures qu'on lui a faites, et dans plusieurs mascarades les chevaux de Lorenzo et les livrées de ses gens ont été trouvés plus beaux que les siennes. »

Félize soutenait l'abbesse à demi évanouie d'horreur.

Quelques instants après, la malheureuse Fabienne entrait au jardin, soutenant son malheureux amant Pierre-Antoine, lui aussi percé de coups mortels. Lui aussi ne tarda pas à expirer, mais, au milieu du silence général inspiré par cette scène d'horreur, on l'entendit qui disait à Fabienne : – C'est Don César, le chevalier de Malte. Je l'ai bien reconnu, mais s'il m'a blessé, lui aussi porte mes marques.

Don César avait été le prédécesseur de Pierre-Antoine auprès de Fabienne. Cette jeune religieuse semblait avoir perdu tout soin de sa réputation ; elle appelait à haute voix à son secours la Madone et sa sainte Patronne, elle appelait aussi sa camériste noble, elle n'avait aucun souci de réveiller tout le couvent ; c'est elle qui était réellement éprise de Pierre-Antoine. Elle voulait lui donner des soins, étancher son sang, bander ses plaies. Cette véritable passion excita la pitié de beaucoup de religieuses.

On s'approcha du blessé, on alla chercher des lumières, il était assis auprès d'un laurier contre lequel il s'appuyait. Fabienne était à genoux devant lui, lui donnant des soins. Il parlait bien et racontait de nouveau que c'était Don César, chevalier de Malte, qui l'avait blessé, lorsque tout à coup il raidit les bras et expira.

Céliane interrompit les transports de Fabienne. Une fois certaine de la mort de Lorenzo, elle sembla l'avoir oublié et ne souvint plus que du péril qui les environnait, elle et sa chère Fabienne. Celle-ci était tombée évanouie sur le corps de son amant. Céliane la releva à demi et la secoua vivement, pour la rappeler à elle.

— Ta mort et la mienne sont certaines, si tu te livres à cette faiblesse, lui dit-elle à voix basse, en pressant sa bouche contre son oreille, afin de n'être point entendue de l'abbesse, qu'elle distinguait fort bien appuyée contre la balustrade de la terrasse de l'orangerie, à douze ou quinze pieds à peine au-dessus du sol du jardin. Réveille-toi, lui dit-elle, prends soin de ta gloire et de ta sûreté ! Tu seras de longues années en prison dans un cachot obscur et infect, si dans ce moment tu t'abandonnes plus longtemps à la douleur.

Dans ce moment l'abbesse qui avait voulu descendre, s'approchait des deux malheureuses religieuses, appuyée sur le bras de Félize.

— Pour vous, madame, lui dit Céliane avec un ton d'orgueil et de fermeté, qui en imposa à l'abbesse, si vous aimez la paix et si l'honneur du noble monastère vous est cher, vous saurez vous taire et ne point faire de tout ceci une tracasserie auprès du grand-duc. Vous aussi, vous avez aimé, on croit généralement que vous avez été sage, et c'est une supériorité que vous avez sur nous ; mais si vous dites un mot de cette affaire au grand-duc, bientôt elle sera l'unique entretien de la ville et l'on dira que l'abbesse de Sainte Riparata, qui a connu l'amour dans les premières années de sa vie, n'a pas assez de fermeté pour diriger les religieuses de son couvent. Vous nous perdrez, madame, mais vous vous perdrez vous-même encore plus certainement que nous. Convenez, madame, dit-elle à l'abbesse qui poussait des soupirs et des exclamations confuses et de petits cris d'étonnement qui pouvaient être entendus, que vous ne voyez pas vous-même en ce moment ce qu'il y a à faire pour le salut du couvent et le vôtre !

Et l'abbesse restant confuse et silencieuse, Céliane ajouta :

— Il faut vous taire d'abord, et ensuite l'essentiel est d'emporter loin d'ici et à l'instant même ces deux morts qui feront notre perte, à vous et à nous, s'ils sont découverts.

La pauvre abbesse, soupirant profondément, était tellement troublée qu'elle ne savait pas même répondre. Elle n'avait plus Félize auprès d'elle ; celle-ci s'était éloignée prudemment, après l'avoir conduite jusqu'auprès des deux malheureuses religieuses dont elle craignait par-dessus tout d'être reconnue.

— Mes filles, faites tout ce qui vous semble nécessaire, tout ce qui vous paraîtra convenable, dit enfin la malheureuse abbesse d'une voix éteinte par l'horreur de la situation où elle se trouvait. Je saurai dissimuler toutes nos hontes, mais rappelez-vous que les yeux de la divine justice sont toujours ouverts sur nos péchés.

Céliane ne fit aucune attention aux paroles de l'abbesse.

— Sachez garder le silence, madame, c'est là tout ce que l'on vous demande, lui répéta-t-elle plusieurs fois en l'interrompant.

S'adressant ensuite à Martona, la confidente de l'abbesse, qui venait d'arriver près d'elle :

— Aidez-moi, ma chère amie ! Il y va de l'honneur de tout le couvent, il y va de l'honneur et de la vie de l'abbesse ; car si elle parle, elle ne nous perd pas à demi, mais aussi nos nobles familles ne nous laisseront pas périr sans vengeance.

Fabienne sanglotant à genoux devant un olivier, contre lequel elle s'appuyait, était hors d'état d'aider Céliane et Martona.

— Retire-toi dans ton appartement, lui dit Céliane. Songe avant toute chose à faire disparaître les traces de sang qui peuvent se trouver sur tes vêtements. Dans une heure j'irai pleurer avec toi.

Alors, aidée de Martona, Céliane transporta le cadavre de son amant d'abord, puis celui de Pierre-Antoine dans la rue des marchands d'or, située à plus de dix minutes de chemin de la porte du jardin.

Céliane et sa compagne furent assez heureuses pour n'être reconnues de personne. Par un bonheur bien autrement signalé et sans lequel leur sage précaution eût été rendue impossible, le soldat qui était en sentinelle devant la porte du jardin s'était assis sur une pierre assez éloignée et semblait dormir. Ce fut ce dont Céliane s'assura avant d'entreprendre de transporter les cadavres. Au retour de la seconde course, Céliane et sa compagne furent très effrayées. La nuit était devenue un peu moins sombre ; il pouvait être deux heures du matin ; elles virent bien distinctement trois soldats réunis devant la porte du jardin, et ce qui était bien pire : cette porte semblait fermée.

— Voilà la première sottise de notre abbesse, dit Céliane à Martona. Elle se sera souvenue que la règle de saint Benoît veut que la porte du jardin soit fermée. Il nous faudra nous enfuir chez nos parents, et avec le prince sévère et sombre que nous avons je pourrai bien laisser la vie dans cette affaire. Quant à toi, Martona, tu n'es coupable de rien ; d'après mon ordre, tu as aidé à transporter des cadavres dont la présence dans le jardin pouvait déshonorer le couvent. Mettons-nous à genoux derrière ces pierres.

Deux soldats venaient à elles, retournant de la porte du jardin au corps de garde. Céliane remarqua avec plaisir qu'ils paraissaient presque complètement ivres.

Ils faisaient la conversation, mais celui qui avait été en sentinelle et qui était remarquable à cause de sa taille fort élevée, ne parlait point à son compagnon des événements de la nuit ; et dans le fait, lors du procès qui fut instruit plus tard, il dit simplement que des gens armés et superbement vêtus étaient venus se battre à quelques pas de lui. Dans l'obscurité profonde il avait pu distinguer sept à huit hommes, mais s'était bien gardé de se mêler de leur querelle ; ensuite tous étaient entrés dans le jardin du couvent.

Lorsque les deux soldats furent passés, Céliane et sa compagne s'approchèrent de la porte du jardin et trouvèrent à leur grande joie qu'elle n'était que poussée. Cette sage précaution était l'œuvre de Félize. Lorsqu'elle avait quitté l'abbesse, afin de n'être point reconnue de Céliane et de Fabienne, elle avait couru à la porte du jardin alors tout à fait ouverte. Elle avait une peur mortelle que Rodéric, qui, dans ce moment, lui faisait horreur n'eût cherché à profiter de l'occasion pour entrer au jardin et obtenir un rendez-vous. Connaissant son imprudence et son audace, et craignant qu'il ne cherchât à la compromettre pour se venger de l'affaiblissement de ses sentiments dont il s'était aperçu, Félize se tint cachée auprès de la porte, derrière des arbres. Elle avait entendu tout ce que Céliane avait dit à l'abbesse et ensuite à Martona, et c'était elle qui avait poussé la porte du jardin, lorsque peu d'instants après que Céliane et Martona furent sorties, emportant le cadavre, elle entendit venir les soldats qui venaient relever la sentinelle.

Félize vit Céliane refermer la porte avec sa fausse clé et s'éloigner ensuite. Alors seulement elle quitta le jardin. « Voilà donc cette vengeance, se disait-elle, dont je me promettais tant de plaisir. » Elle passa le reste de la nuit avec Rodelinde à chercher à deviner les événements qui avaient pu amener un résultat si tragique.

Par bonheur, dès le grand matin, sa camériste noble rentra au couvent, lui apportant une longue lettre de Rodéric. Rodéric et Lancelot, par bravoure, n'avaient point voulu se faire aider par des assassins à gages alors fort communs à Florence. Eux deux seuls avaient attaqué Lorenzo et Pierre-Antoine. Le duel avait été fort long, parce que Rodéric et Lancelot, fidèles à l'ordre qu'ils avaient reçu, avaient reculé constamment, ne voulant faire à leurs adversaires que des blessures légères ; et en effet, ils ne leur avaient donné que des estocades sur les bras et ils étaient parfaitement sûrs qu'ils n'avaient pu mourir de ces blessures. Mais au moment où ils étaient sur le point de se retirer, ils avaient vu, à leur grand étonnement, un spadassin furieux fondre sur Pierre-Antoine. Aux cris qu'il poussait en l'attaquant, ils avaient fort bien reconnu Don César, le chevalier de Malte. Alors, se voyant trois contre deux hommes blessés, ils s'étaient hâtés de prendre la fuite, et le lendemain c'était un grand étonnement dans Florence, lorsqu'on vint à découvrir les cadavres de ces jeunes hommes qui tenaient le premier rang dans la jeunesse riche et élégante de la ville.

Ce fut à cause de leur rang qu'on les remarqua, car sous le règne dissolu de François, auquel le sévère Ferdinand venait de succéder, la Toscane avait été comme une province d'Espagne, et l'on comptait chaque année plus de cent assassinats dans la ville. La grande discussion qui s'éleva dans la haute société, à laquelle Lorenzo et Pierre-Antoine appartenaient, eut pour objet de savoir s'ils s'étaient battus en duel entre eux ou étaient morts victimes de quelque vengeance.

Le lendemain de ce grand événement, tout était tranquille dans le couvent. La très grande majorité des religieuses n'avait aucune idée de ce qui s'était passé. Dès l'aube du jour, avant l'arrivée des jardiniers, Martona était allée remuer la terre aux endroits où elle était tâchée de sang, et détruire les traces de ce qui s'était passé. Cette fille, qui avait elle-même un amant, exécuta avec beaucoup d'intelligence et surtout sans rien dire à l'abbesse, les ordres que lui donna Céliane. Celle-ci lui fit cadeau d'une jolie croix en diamants. Martona, fille fort simple, en la remerciant lui dit :

— Il est une chose que je préférerais à tous les diamants du monde. Depuis que cette nouvelle abbesse est venue au couvent, et quoique pour conquérir sa faveur je me suis abaissée à lui rendre des soins tout à fait serviles, jamais je n'ai pu obtenir d'elle qu'elle me donnât les moindres facilités pour voir Julien R... qui m'est attaché. Cette abbesse fera notre malheur à toutes. Enfin, il y a plus de quatre mois que je n'ai vu Julien, et il finira par m'oublier. L'amie intime de madame, la signora Fabienne, est au nombre des huit sœurs portières ; un service en mérite un autre. Madame Fabienne, ne pourrait-elle pas, un jour qu'elle sera de garde à la porte, me permettre de sortir pour voir Julien, ou lui permettre d'entrer ?

— J'y ferai mon possible, lui dit Céliane, mais la grande difficulté que m'opposera Fabienne, c'est que l'abbesse ne s'aperçoive de votre absence. Vous l'avez trop accoutumée à vous avoir sans cesse sous la main. Essayez de faire de petites absences. Je suis sûre que si vous étiez attachée à toute autre qu'à madame l'abbesse, Fabienne n'aurait aucune difficulté de vous accorder ce que vous demandez.

Ce n'était point sans dessein que Céliane parlait ainsi.

— Tu passes ta vie à pleurer ton amant, dit-elle à Fabienne, et tu ne songes pas à l'effroyable danger qui nous menace. Notre abbesse est si incapable de se taire que tôt ou tard ce qui est arrivé parviendra à la connaissance de notre sévère grand-duc. Il a porté sur le trône les idées d'un homme qui a été vingt-cinq ans cardinal. Notre crime est un des plus grands que l'on puisse commettre aux yeux de la religion ; en un mot, la vie de l'abbesse c'est notre mort.

— Que veux-tu dire ? s'écria Fabienne en essuyant ses larmes.

— Je veux dire qu'il faut que tu obtiennes de ton amie Victoire Ammanati, qu'elle te donne un peu de ce fameux poison de Pérouse que sa mère lui donna en mourant, elle-même empoisonnée par son mari. Sa maladie avait duré plusieurs mois et peu de personnes eurent l'idée de poison ; il en sera de même de notre abbesse.

— Ton idée me fait horreur, s'écria la douce Fabienne.

— Je ne doute pas de ton horreur et je la partagerais, si je me disais que la vie de l'abbesse c'est la mort de Fabienne et de Céliane. Songe à ceci : madame l'abbesse est absolument incapable de se taire ; un mot d'elle suffit pour persuader le cardinal grand-duc, qui affiche surtout l'horreur des crimes occasionnés par l'ancienne liberté qui régnait dans nos pauvres couvents. Ta cousine est fort liée avec Martona, qui appartient à une branche de sa famille ruinée par les banqueroutes de 158… Martona est amoureuse folle d'un beau tisseur de soie nommé Julien ; il faut que ta cousine lui donne, comme un somnifère propre à faire cesser la surveillance si gênante de madame l'abbesse, ce poison de Pérouse qui fait mourir en six mois de temps.

Le comte Buondelmonte ayant eu l'occasion de venir à la cour, le grand-duc Ferdinand le félicita sur la tranquillité exemplaire qui régnait dans l'abbaye de Sainte Riparata. Ce mot du prince engagea le comte à aller voir son ouvrage. On peut juger de son étonnement, lorsque l'abbesse lui raconta le double assassinat, du résultat duquel elle avait été témoin. Le comte vit bien que l'abbesse Virgilia était tout à fait incapable de lui donner le moindre renseignement sur la cause de ce double crime.

« Il n'y a ici, se dit-il, que Félize, cette bonne tête, dont les raisonnements m'embarrassèrent si fort, il y a six mois, lors de ma première visite, qui puisse me donner quelque lumière sur la présente affaire. Mais préoccupée comme elle est de l'injustice de la société et des familles à l'égard des religieuses, voudra-t-elle parler ? »

L'arrivée au couvent du vicaire du grand-duc avait jeté Félize dans une joie immodérée. Enfin elle reverrait cet homme singulier, cause unique de toutes ses démarches depuis six mois ! Par un effet contraire, la venue du comte avait jeté dans une profonde terreur Céliane et la jeune Fabienne, son amie.

— Tes scrupules nous auront perdues, dit Céliane à Fabienne. L'abbesse est trop faible pour ne pas avoir parlé. Et maintenant notre vie est entre les mains du comte. Deux partis nous restent : prendre la fuite, mais avec quoi vivrons-nous ? L'avarice de nos frères saisira le prétexte du soupçon de crime qui plane sur nous, pour nous refuser du pain. Anciennement, quand la Toscane n'était qu'une province de l'Espagne, les malheureux Toscans persécutés pouvaient se réfugier en France. Mais ce grand-duc cardinal a tourné ses yeux vers cette puissance et veut secouer le joug de l'Espagne. Impossible à nous de trouver un refuge, et voilà, ma pauvre amie, à quoi nous ont conduites tes scrupules enfantins. Nous n'en serons pas moins obligées de commettre le crime, car Martona et l'abbesse sont les seuls témoins dangereux de ce qui s'est passé dans cette nuit fatale. La tante de Rodelinde ne dira rien ; elle ne voudra pas compromettre l'honneur de ce couvent qui lui est si cher. Martona, ayant présenté le prétendu somnifère à l'abbesse, se gardera bien de parler quand nous lui aurons dit que ce somnifère était du poison. Du reste, c'est une bonne fille éperdument amoureuse de son Julien.

Il serait trop long de rendre compte du savant entretien que Félize eut avec le comte. Elle avait toujours présenté la faute qu'elle avait commise en cédant trop vite sur l'article des deux femmes de chambre. Il était résulté de cet excès de bonne foi que le comte avait passé six mois sans reparaître au couvent. Félize se promit bien de ne plus tomber dans la même erreur. Le comte l'avait fait prier avec toute la grâce possible de lui accorder un entretien au parloir. Cette invitation mit Félize hors d'elle-même. Elle eut besoin de se rappeler ce qu'elle devait à sa dignité de femme, pour remettre l'entretien au lendemain. Mais en arrivant à ce parloir où le comte était seul, quoique séparée de lui par une grille dont les barreaux étaient énormes, Félize se sentait saisie d'une timidité qu'elle n'avait jamais éprouvée. Son étonnement fut extrême, elle se repentait profondément de cette idée qui autrefois lui avait semblé si habile et si plaisante. Nous voulons parler de cet aveu de sa passion pour le comte, autrefois fait par elle à l'abbesse, afin qu'elle le redit au comte. Alors elle était bien loin de l'aimer comme elle le faisait maintenant. Il lui avait semblé plaisant d'attaquer le cœur du grave commissaire que le prince donnait au couvent.

Maintenant, ses sentiments étaient bien différents : lui plaire était nécessaire à son bonheur ; si elle n'y réussissait pas, elle serait malheureuse, et qu'est-ce que dirait un homme aussi grave que l'étrange confidence que lui ferait l'abbesse ? IL pouvait fort bien la trouver indécente, et cette idée mettait Félize à la torture. Il fallait parler. Le comte était là, grave, assis devant elle et lui adressa des compliments sur la haute portée de son esprit. L'abbesse lui a-t-elle déjà parlé ? Toute l'attention de la jeune religieuse se concentra sur cette grande question. Par bonheur pour elle, elle crut voir ce qui en effet était la vérité : que l'abbesse, encore tout effrayée de la vue des deux cadavres qui lui avaient apparu dans cette nuit fatale, avait oublié un détail aussi futile que le fol amour conçu par une jeune religieuse.

Le comte de son côté voyait fort bien le trouble extrême de cette belle personne et ne savait à quoi l'attribuer. « Serait-elle coupable ? » se disait-il. Cette idée le troublait, lui si raisonnable. Ce soupçon le porta à accorder une attention extrême et sérieuse aux réponses de la jeune religieuse. C'était un honneur que depuis longtemps les paroles d'aucune femme n'avaient obtenu de lui. Il admira l'adresse de Félize. Elle trouvait l'art de répondre de manière flatteuse pour le comte à tout ce que celui-ci lui disait sur le combat fatal qui avait eu lieu à la porte du couvent ; mais elle se gardait de lui adresser des réponses concluantes.

Après une heure et demie d'une conversation pendant laquelle le comte ne s'était pas ennuyé un seul instant, il prit congé de la jeune religieuse, en la suppliant de lui accorder un second entretien à quelques jours de là. Ce mot répandit une félicité céleste dans l'âme de Félize.

Le comte sortit fort pensif de l'abbaye de Sainte Riparata.

« Mon devoir serait sans doute, se disait-il, de rendre compte au prince des choses étranges que je viens d'apprendre. Tout l'État a été occupé de la mort étrange de ces deux pauvres jeunes gens si brillants, si riches. D'un autre côté, avec le terrible évêque que ce prince-cardinal vient de nous donner, lui dire un mot de ce qui s'est passé c'est précisément la même chose qu'introduire dans ce malheureux couvent toutes les fureurs de l'inquisition espagnole. Ce n'est pas une seule de ces pauvres filles que ce terrible évêque fera périr, mais peut-être cinq ou six ; et qui sera coupable de leur mort, si ce n'est moi, qui n'avais qu'à commettre un bien petit abus de confiance pour qu'elle n'eût pas lieu ? Si le prince vient à savoir ce qui s'est passé et me fait des reproches, je lui dirai : votre terrible évêque m'a fait peur. »

Le comte n'osait pas s'avouer bien exactement tous les motifs qu'il avait pour se taire. Il n'était pas sûr que la belle Félize ne fût pas coupable, et tout son être était saisi d'horreur à la seule idée de mettre en péril la vie d'une pauvre jeune fille si cruellement traitée par ses parents et par la société.

« Elle serait l'ornement de Florence, se disait-il, si on l'eût mariée. »

Le comte avait invité à une magnifique partie de chasse dans la maremme de Sienne, dont la moitié lui appartenait, les plus grands seigneurs de la cour et les plus riches marchands de Florence. Il s'excusa auprès d'eux, la chasse eut lieu sans lui, et Félize fut bien étonnée en entendant, dès le surlendemain de la première conversation, les chevaux du comte qui piaffaient dans la première cour du couvent. Le vicaire du grand-duc, en prenant la résolution de ne point parler au prince de ce qui était arrivé, avait pourtant senti qu'il contractait l'obligation de veiller sur la tranquillité future du couvent. Or, pour y parvenir, il fallait d'abord connaître quelle part les deux religieuses, dont les amants avaient péri, avaient eue à leur mort. Après un fort long entretien avec l'abbesse, le comte fit appeler huit ou dix religieuses, parmi lesquelles se trouvaient Fabienne et Céliane. Il trouva à son grand étonnement qu'ainsi que le lui avait dit l'abbesse, huit de ces religieuses ignoraient totalement ce qui s'était passé dans la nuit fatale. Le comte ne fit des interrogations directes qu'à Céliane et Fabienne : elles nièrent. Céliane avec toute la fermeté d'une âme supérieure aux plus grands malheurs, la jeune Fabienne comme une pauvre fille au désespoir, à laquelle on rappelle barbarement la source de toutes ses douleurs. Elle était horriblement maigrie et semblait atteinte d'une maladie de poitrine, elle ne pouvait se consoler de la mort du jeune Lorenzo B…

— C'est moi qui l'ai tué, disait-elle à Céliane dans les longs entretiens qu'elle avait avec elle ; j'aurais dû mieux ménager l'amour-propre du féroce Don César, son prédécesseur, en rompant avec lui.

Dès son entrée dans le parloir, Félize comprit que l'abbesse avait eu la faiblesse de parler au vicaire du grand-duc de l'amour qu'elle avait pour lui ; les façons du sage Buondelmonte en étaient toutes changées. Ce fut d'abord un grand sujet de rougeur et d'embarras pour Félize. Sans s'en apercevoir précisément, elle fut charmante pendant le long entretien qu'elle eut avec le comte, mais elle n'avoua rien. L'abbesse ne savait exactement rien de ce qu'elle avait vu et encore, suivant toute apparence, mal vu. Céliane et Fabienne n'avouaient rien. Le comte était fort embarrassé.

« Si j'interroge les cameristes nobles et les domestiques, c'est la même chose que donner accès à l'évêque dans cette affaire. Elles parleront à leur confesseur et nous voici avec l'inquisition dans le couvent. »

Le comte, fort inquiet, revint tous les jours à Sainte Riparata. Il prit le parti d'interroger toutes les religieuses, puis toutes les cameristes nobles, enfin toutes les personnes de service. Il découvrit la vérité sur un infanticide qui avait eu lieu trois ans auparavant et dont l'official de la cour de justice ecclésiastique, présidée par l'évêque, lui avait transmis la dénonciation.

Mais, à son grand étonnement, il vit que l'histoire des deux jeunes gens entrés mourants dans le jardin de l'abbaye n'était absolument connue que de l'abbesse, de Céliane, de Fabienne, de Félize et de son amie Rodelinde. La tante de celle-ci sut si bien dissimuler, qu'elle échappa aux soupçons. La terreur inspirée par le nouvel évêque monsignor était telle, qu'à l'exception de l'abbesse et de Félize, les dépositions de toutes les autres religieuses, évidemment entachées de mensonge, étaient toujours données dans les mêmes termes. Le comte terminait toutes ses séances au couvent par une longue conversation avec Félize, qui faisait son bonheur, mais pour la faire durer, elle s'appliquait à n'apprendre au comte chaque jour qu'une petite partie de ce qu'elle savait de relatif à la mort des deux jeunes cavaliers. Elle était au contraire d'une extrême franchise sur les choses qui la regardaient personnellement. Elle avait eu trois amants ; elle raconta au comte, qui était presque devenu son ami, toute l'histoire de ses amours. La franchise si parfaite de cette jeune fille si belle et de tant d'esprit intéressa le comte qui ne fit point difficulté de répondre à cette franchise par une extrême candeur.

— Je ne saurais vous payer, disait-il à Félize, par des histoires intéressantes comme les vôtres. Je ne sais si j'oserai vous dire que toutes les personnes de votre sexe que j'ai rencontrées dans le monde, m'ont toujours inspiré plus de mépris pour leur caractère que d'admiration pour leur beauté.

Les fréquentes visites du comte avaient ôté le repos à Céliane. Fabienne, de plus en plus absorbée dans sa douleur, avait cessé d'opposer ses répugnances aux conseils de son amie. Quand son tour vint de garder la porte du couvent, elle ouvrit la porte, détourna la tête, et Julien, le jeune ouvrier en soie, ami de Martona confidente de l'abbesse, put entrer dans le couvent. Il y passa huit jours entiers jusqu'au moment où Fabienne, étant de nouveau de service, put laisser la porte ouverte. Il paraît que ce fut sur la fin de ce long séjour de son amant que Martona donna de sa liqueur somnifère à l'abbesse, qui voulait l'avoir jour et nuit auprès d'elle, et touchée des plaintes de Julien qui s'ennuyait mortellement, seul et enfermé à clef dans la chambre.

Julie, jeune religieuse fort dévote, passant un soir dans le grand dortoir, entendit parler dans la chambre de Martona. Elle s'approcha, sans faire de bruit, mit l'œil à la serrure et vit un beau jeune homme qui, assis à table, soupait en riant avec Martona. Julie donna quelques coups à la porte, puis venant à songer que Martona pourrait fort bien ouvrir cette porte, l'enfermer avec ce jeune homme et la dénoncer, elle, Julie, à l'abbesse, dont elle serait crue à cause de l'habitude que Martona avait de passer sa vie avec l'abbesse, Julie fut saisie d'un trouble extrême. Elle se vit en imagination poursuivie dans le corridor solitaire et fort obscur en ce moment, où l'on n'avait pas encore allumé les lampes, par Martona qui était beaucoup plus forte qu'elle.

Julie toute troublée prit la fuite, mais elle entendit Martona ouvrir sa porte, et se figurant avoir été reconnue par elle, elle alla tout dire à l'abbesse, laquelle horriblement scandalisée accourut à la chambre de Martona où l'on ne trouva pas Julien qui s'était enfui au jardin. Mais cette même nuit, l'abbesse ayant cru prudent, même dans l'intérêt de la réputation de Martona, de la faire coucher dans la chambre d'elle, abbesse, et lui ayant annoncé que dès le lendemain matin elle irait elle-même, accompagnée du père, confesseur du couvent, mettre les scellés sur la porte de sa cellule, où la méchanceté avait pu supposer qu'un homme était caché. Martona irritée et occupée en ce moment à préparer le chocolat qui formait le souper de l'abbesse, y mêla une énorme quantité du prétendu somnifère.

Le lendemain, l'abbesse Virgilia se trouva dans un état d'irritation nerveuse tellement singulier, et en se regardant au miroir, elle se trouva une figure tellement changée qu'elle pensa qu'elle allait mourir. Le premier effet de ce poison de Pérouse est de rendre presque folles les personnes qui en ont pris. Virgilia se souvint qu'un des privilèges des abbesses du noble couvent de Sainte Riparata était d'être assistées à leurs derniers moments par Monseigneur l'évêque ; elle écrivit au prélat qui bientôt parut dans le couvent. Elle lui conta non seulement sa maladie, mais encore l'histoire des deux cadavres. L'évêque la tança sévèrement de ne pas lui avoir donné connaissance d'un incident aussi singulier et aussi criminel.

L'abbesse répondit que le vicaire du prince, comte Buondelmonte, lui avait fortement conseillé d'éviter le scandale.

— Et comment ce séculier a-t-il l'audace d'appeler scandale le strict accomplissement de vos devoirs ?

En voyant arriver l'évêque au couvent, Céliane dit à Fabienne :

— Nous sommes perdues. Ce prélat fanatique et qui veut à tout prix introduire la réforme du Concile de Trente dans les couvents de son diocèse, sera pour nous un tout autre homme que le comte Buondelmonte.

Fabienne se jeta en pleurant dans les bras de Céliane.

— La mort n'est rien pour moi, mais je mourrai doublement désespérée puisque j'aurai causé ta perte, sans sauver pour cela la vie de cette malheureuse abbesse.

Aussitôt Fabienne se rendit dans la cellule de la dame qui, ce soir-là, devait être de garde à la porte. Sans lui donner d'autres détails, elle lui dit qu'il fallait sauver la vie et l'honneur de Martona, qui avait eu l'imprudence de recevoir un homme dans sa cellule. Après beaucoup de difficultés, cette religieuse consentit à laisser la porte ouverte et à s'en éloigner un instant, un peu après onze heures du soir.

Pendant ce temps, Céliane avait fait dire à Martona de se rendre au chœur. C'était une salle immense comme une seconde église, séparée par une grille de celle qui était livrée au public, dont le soffite avait plus de quarante pieds d'élévation.

Martona s'était agenouillée au milieu du chœur de façon à ce qu'en parlant bas personne ne pût l'entendre. Céliane alla se placer à côté d'elle.

— Voici, lui dit-elle, une bourse qui renferme tout ce que nous nous sommes trouvé d'argent, Fabienne et moi. Ce soir ou demain soir, je m'arrangerai pour que la porte du couvent reste ouverte un instant. Fais échapper Julien, et toi-même, sauve-toi bientôt après. Sois assurée que l'abbesse Virgilia a tout dit au terrible évêque, dont le tribunal te condamnera sans doute à quinze années de cachot ou à la mort.

Martona fit un mouvement pour se jeter aux genoux de Céliane.

— Que fais-tu, imprudente ? s'écria celle-ci, et elle eut le temps d'arrêter son mouvement. Songe que Julien et toi, vous pouvez être arrêtés à chaque instant. D'ici au moment de ta fuite, tiens-toi cachée le plus possible, et sois surtout attentive aux personnes qui entrent dans le parloir de Madame l'abbesse.

Le lendemain, en arrivant au couvent, le comte trouva bien des changements. Martona, la confidente de l'abbesse, avait disparu pendant la nuit ; l'abbesse était tellement affaiblie qu'elle fut obligée, pour recevoir le vicaire du prince, de se faire transporter à son parloir dans un fauteuil. Elle avoua au comte qu'elle avait tout dit à l'évêque.

— En ce cas, nous allons avoir du sang ou des poisons, s'écria celui-ci...